JN117918

ら行の悲しみ

松下美和子詩集

土曜美術社出版販売

詩集　ら行の悲しみ＊目次

Ⅰ

Ⅱ

詩集

ら行の悲しみ

I

誕生

先程太陽をたべてしまった

それから先　私の体の中では確実に
細胞分裂が始まりだした

静と動を
陽と陰を
天使と悪魔が同居するのは既に認識していたが
正義はいつも真ン中にポツンと立っているだけの物になった

只　判定するのではなく
只　黙ってその場所に居座るのみの状態となり
私はそれを受け入れることなのだと
私はそれを許すということなのだと感じ
私はそれを永遠の物でない事なのだと感じた

だから昨日もらった手紙は
嬉しくて悲しくて
今日買った靴は
楽しくて苦しくて
明日生まれる朝は
甘くて苦いのだ

この世はそんな物だろうけど

生きていく分だけの新しい朝は
いつもいつも用意されているという事実を
食べてしまった太陽がこっそり教えてくれ
私の体内から逃げ出し始めた
その重みを産声の様に聴き
今日を生きる私の誕生である

2020

遺書

八月の空が死んでゆくのを見かけた

泣き声を持たないひまわり達は
一斉に項垂れ纏った黄色を放棄し始める

幾何学的に織りあげられる蜘蛛の巣も
秩序を乱す

フラスコの中で退屈な欠伸を続ける

次に来る時間は　ふつふつと
儚さを創りあげる

逆三角形の犇めく細胞の中で
私はそっと私を立たせてみる

原子も時間も雨も素通りしながら
残してゆく

その沈殿した想いだけで
今の夢をゆっくり作成し始めよう

そして私は確認する
私の中に山が聳え

海がうねり
風がそよぎ……
八月の空が精子の様に
泳いでいることを……

未完成で無邪気な青は
その部分だけで愛しさに変わる

八月の空が産み落としていった物を見かけた

成熟した線香花火は
次の瞬間
魔法の様に地上をつらぬき
産声を上げた

2002

少女

十八世紀未満
赤いハイヒールの足跡が世界地図
大人になれない少女が
空に吸い込まれた午後
一人の老婆が
明日を葬る

楕円の海に鷗が
方向を定める

麦の穂が
行方をくらます

人々は流れる
加速度で流れ出す
廃棄物のように

少女は初めて大人になる

空に吸い込まれた午後に……

赤いハイヒールの足跡が
夕焼けになる

1983

産声の様に

酸味の強い空気が
ぼんやりした輪郭を線に拡大していく

切った髪の長さは気にしない

昨日の胎児の夢も今は見られない

小さく発した稲妻が
二度と描けない吐息を捨てた

流れる風が澱みない微熱を保つことに
肩をすくめてふりむいた

それゆえに
目の前の半分だけ飲んだ純白の牛乳が
産声の様に
今　かがやいている

1984

ら行の悲しみ

時々透明人間になる
彼女の持ち物を調べると
ある部分に
ら行の悲しみがきちんと佇んでいた

工場の煙突から真っすぐに煙が立つ
それを見ながら
多分明日は透明人間になれそうだなと
密かに目論む

そしてどうもその必要性がある

誰にも全く同じ形で分かってもらえない
至福の悲しみが彼女の中に存在したのだ
だからその悲しみを迎えるように
少しだけ今という時間軸から
泡のように消える

ららら
りりり
るるる
れれれ
ろろろ

メレンゲの様な呪文を説き消えてみる

この術を使い彼女は時々
ら行の悲しみを深い海に沈め
真珠になんぞしてしまうらしいと
華やかなフリルの波たちが
物語を語るように教えてくれたのだった

そして
ら行の悲しみは
彼女のとても大切な持ち物だ
ということを
誰もがよく知っていた

2021

橋を渡る

その少年の肩越しには橋がある
身に余るエネルギーでフルーツパフェを
征服する
その後ろに
静かに横たわる橋がある
屈託のない想いで
ピカソほどの毎日を過ごす

この少年にも渡る橋があるのだ

原点を探せとも言わないから
光を導けとも言わないから
そして　泣かないでなんて
そんなことも言わないから
只ひとつ
橋を渡る真実を確立すること
それがお前の存在理由《レゾンデートル》だから

「できるよ
だってお前は
この橋を渡る為に毎日　主旋律の様に
生きているのだから

洗礼された想いには
　いつも迷いは宿るものだよ」

その少年の肩越しには橋がある

身に余るエネルギーで
フルーツパフェを征服する
その空っぽの硝子の器に
残る物が
夢の時間と知る日が
橋を渡る時だと
いつか　ふりむくように気付くだろう

1999

ふたつの無花果

放物線のような丸みをなぞって
熟れ具合を確認した

熟れ始めた無花果ひとつ
固く強張った無花果ひとつ
このふたつを夏の終わりの夜
潤んだ透明の空に並べてみる

これはとても配置がいいね

と　私は一人で御満悦

真っすぐにやってきた悲しみと
曲がりながらやってくる苦しみを
上手に受け止めて
ふたつ歪に並んでいる

そういえば白いジンジャーも咲き出したようだね
その匂いを聞きながら
昇り始めた満月と交わる

こうして人は創られたのかな
熟れ始めた無花果を割る
薄ピンクの種がぎっしりと

お行儀よく並ぶ
それを確認して今度は固い無花果を剝くと
おやっ……
白い乳が出た

生命ってどこまでも理不尽に優しいね

満月の夜は産卵が多いと太古の昔から
伝説として聞く

だから
このふたつの無花果を満月の夜に捧ぐ
優しい夜が
どこまでも　どこまでも

降るようにと……

2022

私の中の蛇

あの太陽が溶け出した日
私は、そっと私の中で飼い慣らしている蛇を
風に晒す

それは、もっと私の中で強く生きて
欲しいと想う切なる願い

さらさらと進む日常の営みも
妻として母としての役割も

いくら投げ出したくても
この蛇がいる限り
私として生きる術をさがす

生きるという類稀な時間を
生きるという血と汗を流す時間を
私は私の中でこの蛇に脱皮を繰り返させる

梔子のむせかえる香の中でも
シルクタフタのドレスを纏った夜でも
容赦ない脱皮

そして今日もその蛇といっしょに
眠りにつく

私が死んだ時にその蛇は必ず亡びる
それは　まぎれない事実
蛇は私の中で私と共に
その時亡ぶのである
あの太陽が溶け出した日
私はそっと私の中の蛇を
もう一度抱きしめなおす

私が私として
立っていきていけるようにと

2008

じゃがいも畑にて

吐く息が美しい形を彩る二月の日曜日
私は種いも達といっしょに
畑へ出掛けた

凛と澄ました土の温さが
夕べの月の余韻にも思え
そっと寄り添ってみたくなったりした

春になってたくさんの実を結ぶ様に

祈りながら定間隔　定位置で
種いもを並べていると
北の道に別れの響きを鳴らし
霊柩車が這う様に走る

「五十歳　ふたつ手前で亡くなった　若いのに……」
と道行く人が報告してくれるように
つぶやくのが
からっ風と共に耳に入る
私は北を向いて手を合わせ
少しの間　動かないで畑の中で
それを続けた

種いもは　相変わらず無表情だった

たくさんの実を結ぶ様に……
と　土をかぶせる行為は
まるで埋葬のようだな

私の子宮もこの種いもくらいの大きさなんだろうか？

すべての感情が去り　霊柩車に乗った人は
次の夢へ急いで行ったのかも知れない

私は種いもが永遠に
自分の夢が見られるよう
そして命を紡ぐよう
ひとつ　ひとつ

土へ葬った
二月の日曜日
じゃがいも畑にて
私は確かに生きていた

2001

優しい労働者

初めて就職した工場で聾唖者の
なっちゃんと出会った
なっちゃんが部品の数を数える人で
私はそれを受け取る人だった
ある日　なっちゃんが
「部品の数が足りない」と紙に書いてきた
私は「わかりました」と言ったら
なっちゃんは首を横に振った
そして口と耳を塞ぐ仕草をした

すぐに紙に「ろうあ」と書いてきた
私は「紙に書くのは大変だから
手話を教えてください」と書いていた

なっちゃんから手話を教えてもらい
なっちゃんの誘いで手話サークルに入り
聾唖者のみんなと仲良くなり
ハイキングに行ったり
ソフトボールをしたりした
なっちゃんとも手話でずいぶんおしゃべりが出来るようになった頃
工場が不景気となり
私はその会社を去らなくてはならなくなった

なっちゃんはパンダのぬいぐるみをくれた

「私と一緒に覚えた手話はきっとどこかで
いつか誰かのためになるよ」と短い手紙を添えてくれた
それっきりなっちゃんとは会っていない

それから何年か経ち少しの間
横浜で生活した
駅前のハンバーガーショップでアルバイトをして働いた
ポテトを揚げて掬って塩をかけ
ハンバーガーとジュースをセットにして
紙ナプキンを添えて紙袋に入れお会計する
私はこの作業がいつまでたってもうまく出来ず
店長から怒られ叱られ
そして笑われた
ある寒い日

小学校二年生くらいの男の子とお母さんがやって来た
だけど注文をしないでずっと立っていた
店長が「お決まりですか？」と声をかけた時
お母さんが耳と口を塞ぐ仕草をした
その瞬間　なっちゃんと出会った時の手話だと思った
私は　勇気を出してその親子に
「何をご注文ですか？」と手話でゆっくり
なっちゃんに教えてもらった手話を思い出しながらやってみた
男の子は
「ハンバーガーとジュースと
ポテトのセット」と手話で注文してくれた
お母さんはお財布から
お金を出しお会計した
ふたりとも　そして私も笑っていた

店長がポテトを少し多めに入れた
「また来てね」と手話で見送った
なっちゃんが
「きっとどこかでいつか誰かのためになるよ」
といったことを思い出し
少しだけ優しい労働者になれた気がした

2001

II

夏

お気に入りのピケ地の空色のワンピース
昔付けてしまった薄い染みが
船のように浮きでたら
それをブローチ代わりにして
空色のワンピースを海にたとえ浮かべて
夏を着よう

2016

冬瓜

夏の暑さの残る体内に
冬瓜を入れた
優しく透けて確かに沈殿してゆくのが
わかる
知らなかった　冬瓜って
ふゆうりって書くんですね
二、三年前まで見向きもしなかった
この生物に
今は尊敬と感動を覚える

年を取るというのは
きっとこういう事なんでしょう
やがて来る寒さを越えたら
私は五十になります
冬瓜を後どのくらい食べられるのか?
ふとそんなことを想い
またひとつ体内にいれていく

2012

導きの部屋

今の私にとって畑の草取りは
唯一洗心する祈りの様な物です
目の前に広がる草が罪の海とするなら
私はその海原に入り
それらを抜かなくてはなりません
一本
一本
繰り返しながら
やがて四角の畑は

真っ新《さら》になり
私の洗心も完結したようで
この場所は
そのような導きの部屋でもありました

2014

木曜日の出来事

私の場合で語ると木曜日の出来事は
既に日曜日に創られている
七月十八日　天気晴れ　南南東の風
気温32℃　　湿度64％
泣くには準備が整いすぎたようだ
新しい鍋でスープを煮込む
それから自分に課した祝詞を鍋に向かってつぶやく
待って　待って　待って
待ち続けていた手紙が来ないから

木曜日には泣かないように
日曜日の私は少しだけ前向きに
そんな私を好きになる為
手紙を書くようにスープを煮込んだりするのである

2018

真夜中の台所

憧れていた削り節を
遂に買ってしまった

厳つい鰹節を刃にあてて
行ったり来たりすると
下の箱にハラハラと
削り粉が出来た

明日の朝の味噌汁にコッソリいれる

皆このささやかな相違に
きづくのだろうか……
「エッヘン」と
私は　真夜中の台所で胸を張る

こんな暮らしが悪戯過ぎて楽しいから
真夜中の台所にいることがやめられない
憧れていた削り節器も就寝したようだ

2019

秋

親知らずがしくしくと泣くように
疼き始める
左の頬を抑えながら歩いていると
右から金木犀の香が溢れてきた
俯いて歩くのを止めにして
空を見たら
「親知らずの意味ってなんでしたっけ」と
一面の秋に聞いてみたくなりました

59

2016

シャドーボクサー

「シャドーボクシング２分スタート」
コーチがストップウォッチを押すと
ジムに流れる曲
「アイオブザタイガー」が
ゆっくり天に昇る
ジャブとアッパー
ガード外さずワンツー
腰をひねり
思い切り明後日まで届くよう腕を伸ばす

ブレスが上がり
汗が散る
耳がキーンと痛い
「ラスト30秒」のコーチの声を聴くと
天から降りてくる曲は
「G線上のアリア」だった

2023

乳房

末っ子が　三つの年月を経たというのに
右の乳房から
それは　ほんのすこしだけれど
白く暖かな乳が出る

作業という物の働きではなく
存在という太古の原理からやってくる
ロマンに想えて
ふと口笛を吹きそうになる

ゆうら　ゆうら　と風が
舞い降りて忘れていった想いでの様
白く　白く　放つ乳よ

「おかあさん　おっぱいちょうだい！」

「はい　どうぞ」

「ありがとう！」

彼は乳をもう飲まない
時々　経過した年月を陽に翳す様に
乳房を見にやってきては
その場を立ち去る

トントントン
素早く駆け出して行った足音に
乳房が少し驚いた

私は見えない時間と紡いだ命が
今ここで海の様に溢れているのを
感じていながら
乳房といっしょに
その足音を聞いていた

1994

ときどき

それは突然やってくる
それはときどきやってくる

たとえば夏の終わりに
藍染の絞りの浴衣を干している時
たとえば秋の田んぼで
稲穂を束ねている時
たとえば冬の陽だまりで
柚子を捥いでいる時

たとえば春の匂いの中で
筍を湯がいている時
そうそんな時
そんなときどきが味気ない私に
少しだけ虹をかける

毎日の日々の中
ときどきでいいから
少しだけ光のプリズムに当たりたい

2011

冬

冬は右手の人差し指から入ってくる
人差し指を天に向けて
ぐるっと回すと
ピッと風が綿飴の様に
捲きつく瞬間冬が始まるのです

2000

月日

小さい頃　祖母と風呂に入ると
祖母の鎖骨から少し上がった肩の部分に
湖の様な窪みが出来ていた

私はそこへ
風呂のお湯を両手で掬って溜めるのが
とても楽しかった
喘息持ちの祖母は息が荒く
その度に水が上下に揺れた

月日が確実に流れた
新しい命がこの世にやってきてくれて
私は初めて味わう気持ちを
沢山知った
そして
私の鎖骨から少し上がった肩の部分に
湖の様な窪みが知らないうちにできていた

今度彼と一緒にふろに入ったら
両手で掬って私の湖を満たしてもらおう
私が君のようだった頃を確認する様に
私が祖母の様になったことを確認する様に

2022

ものもらい

父方の祖母も
母方の祖母も
三月に逝った

私は左目が目脂でかすんで
パソコンが打ち辛くなり
目薬を買いにいそいそ歩き始めた
西風に乗ってやってきた黄砂で
町がとんろりと重くなった

だが紫木蓮は紫を着
桜は密かに孕んでいた
皆　次の時間へと
いそいそと急いでいるのがわかった

左目は上瞼にぷつぷつと
ししゃもの卵のように白く小さく
産み付けられた

「痛痒くて目がかすむのです」
薬屋さんの店員に言うと
「ものもらいですね
　この薬を打ってください」と

オレンジ色の容器の目薬を勧めてくれた

その夜　三滴程ものもらいに打ち
目をつぶりそのまま朝になるのを待った
明日　このしじゃもの卵の様なものが
なくなることを願いつつ
とんろりとした時間が流れた

二人の祖母は共に煙草を吸った
その煙の向こうで
私は捲かれるのだろうか？
私は　いつ貴女達に会えるのか？　と
聞いている気がした

卵を割ったような感覚で
起きて鏡を見れば
私の左上瞼のものもらいが満開だった

「春が来たね」
私は満開のものもらいに
つぶやきながら
貴女達に会えた気がして
笑ったりしていた

2012

春

北の黒猫と
南の白猫が
西の方を向いて
ふたりでいたなら
もうすぐ春がやってきます

2020

あとがき

その時のことは決して知る由もないのに、私の身近な人から語られた断片と色褪せた母子手帳から、私がこの世に産声をあげた情景を思い起こすことができる。正午ぴったりに自宅でお産婆さんにより初産の母の胎内に別れを告げ、この世にやってきた頃、父は次の年に開通が迫る新幹線のトンネル工事をしていた。天気は曇り空で家の八重桜が咲き出し始めた。そして、

あ	い	う	え	お	か	き	く	け	こ	さ	し	す	せ	そ

この五十音を使って、嬉しかった時、悲しかった時、いかなる時も言葉を紡いできました。それは私自身の喜びであり励みであり、吐露であり私自身でもありました。還暦を迎え、限りある月日という時の流れを強く感じます。だからこそ現在、今この瞬間の生がこんなにも輝くものだと……。

初めての出版は、大変無謀で「自分の還暦までに自分の詩集を出す」という漠然とした夢を叶えるため、全くわからないところから動き始め、手探りではありましたが、ようやくこのような形になり、私の詩集がこの世に産声をあげることができたことは大きな喜びとなりました。そんな私の詩集刊行のため、土曜美術社出版販売高木祐子様に大変お世話になりました。装丁をしてくださった直井和夫様、編集に関わってくださいました全ての方々に篤くお礼申し上げます。

たちつてとなにぬねのはひふへほ

この五十音で限りある月日のなかでまた言葉を紡いでいきます。そしていつか確実に来る自分自身の別れに向かって……。

まみむめもやゆよわをん

今年も庭の八重桜が咲き出しました。

二〇二三年四月　六十回目の春より

松下美和子

著者略歴

松下美和子（まつした・みわこ）

1963年　静岡県菊川市生まれ

現住所　〒437-1506　静岡県菊川市河東1392

詩集　ら行《ぎょう》の悲《かな》しみ

発　行　二〇二三年四月八日

著　者　松下美和子

装　丁　直井和夫

発行者　高木祐子

発行所　土曜美術社出版販売

〒162-0813　東京都新宿区東五軒町三―一〇

電　話　〇三―五二二九―〇七三〇

FAX　〇三―五二二九―〇七三二

振　替　〇〇一六〇―九―七五六九〇九

印刷・製本　モリモト印刷

ISBN978-4-8120-2766-0　C0092

© *Matsushita Miwako 2023, Printed in Japan*